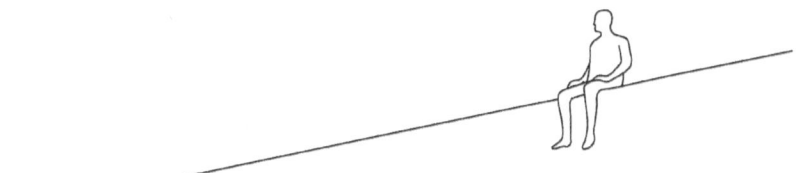

NOSTALGIA

DESFRAGMENTACIÓN POÉTICA

WALBERTO DÍAZ

Nostalgia (desfragmentación poética)
Derechos reservados © 2019

por Walberto Díaz

Primera edición impresa en Estados Unidos: agosto 2019

ISBN- 978-1-7332406-0-4

Fotografía: Ismael Tirado

Portada: Andrés Ixtepan

DEDICATORIA

Por mucho tiempo pensé que no tenía
la capacidad de amar:

Ese era uno de mis más grandes miedos,
pero me equivoqué.

A las personas que quiero,

A las personas que amo,

A lo que amé:

Muchas gracias por enseñarme el amor
en todas sus variaciones.

ÍNDICE

DEDICATORIA iii

ÍNDICE...v

CAPÍTULO I 1

Otoño 2

Fragmentos 3

El desorden de la vida 5

Cuéntame 10

Ese día de noviembre... 11

Si fuera... 13

Consumiendo recuerdos 14

La vida toma sentido.. 16

Tiempo al tiempo 17

Quédate... 18

Células efervescentes... 19

Iluminando recuerdos.. 20

Calma... 21

Renacer 22

Marionetas 24

Qué fácil es quererte.. 25

Exploraciones 27

Derrota 28

CAPÍTULO II 29

Invierno 30

La bienvenida 31

Estoy en casa 34

Transformación 37

Grietas 38

Contigo quería 40

Guerra 41

Ya no me urge llegar a casa 43

Equilibrio 46

Tú 47

Noches 48

Naufragio 49

El desenlace 50

Reconstrucción 51

Dime algo 54

Destrucción 56

CAPÍTULO III 57

Primavera 58

Tácticas 59

Cielo Rojo 60

Ahora soy yo 62

Yo no quería amar 64

Aroma 66

Rueda de la fortuna 67

Puente *69*

Coleccionista *70*

No puedo más *74*

Aventura.. *75*

Quién amó más *76*

No culpes al futuro.. *78*

Buena suerte *80*

Fracaso *81*

Amigos *83*

CAPÍTULO IV *84*

Verano.. *85*

Olvido *86*

Merecíamos más *88*

Por si acaso *90*

Ya no importa *91*

Te busco *92*

Tormenta.. *94*

Desnudo *96*

En la distancia *98*

Deseo cumplido *100*

Borrándote... *101*

Recuérdame bonito *103*

Borrones y alteraciones................................. *108*

Desfragmentos *110*

SOBRE EL AUTOR... 113

CAPÍTULO I

OTOÑO

Estoy completo
en tus manos otoño
siempre cambiante.

FRAGMENTOS

Aquí,

mis recuerdos

presos por mucho tiempo

hoy, palabras

y es hora.

Si estos pedazos

de espejos rotos,

se parecen a los tuyos,

quizás,

en algún tiempo,

lo fueron.

¡Maldita memoria!

Si en tus manos,

o en las plantas de tus pies

echaron raíces

y el reflejo

de ayeres

alimentan la memoria

todos tuyos.

Al final

no importa,

las partes vividas

todos

somos momentos

fragmentándonos

por la vida

en puños de recuerdos.

Aquí,

mis recuerdos.

Haz con ellos

lo que quieras.

Ya no me pertenecen.

¡Memoria maldita!

EL DESORDEN DE LA VIDA

El día en que te conocí,

ibas de prisa

en tus manos sostenías

unas páginas

pero el viento de octubre

se empeñó

en jugar con ellas,

las convirtió en cometas,

en una colección de mariposas,

tu bufanda

y tu pelo

en el enredo de tu vida.

Todos bailaban en el aire

a la sinfonía

de tus gritos desesperados.

Voluntariamente,

me uní a tu caos,

porque la armonía

también necesita

distracción,

y contigo rescaté

algo de ti,

de tu historia.

A la distancia

algunas páginas

habían encontrado la libertad,

pensé,

yo les deseé mucha suerte,

tú, te despediste de ellas

como quién que ve a sus hijos

abandonar el hogar.

Te di el pésame,

y en tus ojos

descubrí

un dolor sincero.

Me dio pena mi falta de tacto,

pero desapareció

cuando sonreíste

y me diste las gracias

mientras en tu pecho arrullabas

las páginas rescatadas.

El día en que te conocí,

Observé

el aire frío que exhalabas,

tu cuerpo temblar por la emoción.

Mi mirada,

acarició tu pelo,

tus labios,

me imaginé tu aroma,

la textura de tu piel.

Esa tarde otoñal,

hacía frío

pretexto ideal

para un café,

ahí lamentaste

la pérdida parcial

de tu historia

pero tenías la esperanza

de poderla rescatar.

Me contaste

que era parecido a un cuento de hadas,

donde habitaban:

príncipes y princesas,

magos y charlatanes

pero que al contrario

de esas historias,

el amor no triunfaba al final.

En esa ocasión no me contaste

de los villanos de tu historia

ni yo me atreví

a contarte de los demonios

en la mía.

Me puse al servicio en ayudarte

a reconstruir tu historia,

y quizás, tú la mía.

Al despedirnos

pensé en el volar de las páginas,

en el viento,

en la casualidad,

en ti.

Y te dije a la distancia,

-Por alguien como tú,

yo también me atrevo

a desordenar por completo

la historia de mi vida.

Creo que en silencio

escuchaste mi deseo

y decidiste volverlo realidad.

El día en que te conocí.

CUÉNTAME

Sé tan poco de ti, y quiero saberlo todo.

Quiero mojarme de recuerdos contigo.

Sospecho que tu humedad me hará bien.

ESE DÍA DE NOVIEMBRE

Ese día de noviembre

empezó a llover

tomaste mi mano

y bailamos

en tu parque favorito.

Ese día de noviembre,

los testigos,

si es que los hubo,

se contagiaron de tu felicidad

y tu iridiscencia les regaló

su arcoíris personal.

Ese día de noviembre

Yo descubrí

que eras magia

iluminada de sonrisa,

y tu presencia hacía

que todo tuviera sentido.

Ese día de noviembre.

SI FUERA

Si fuera un poco
más valiente
te daría todos los besos
que te tengo reservados.

CONSUMIENDO RECUERDOS

Entre tazas de café aprendí,

Tus amantes: la música y el baile.

Siempre palomitas en el cine

 y el chocolate,

mucho mejor de tus labios.

Entre copas:

canciones favoritas,

tu falta de melodía,

penas, y relaciones fallidas.

Entre poemas:

los míos,

dichos al oído

te enrizaban los dedos de los pies

y cada repetición,

un final diferente

porque las sorpresas

eran el porvenir de los recuerdos.

LA VIDA TOMA SENTIDO

En tus manos

me siento afortunado,

poderoso,

invencible

y seguro.

La vida

por primera vez,

es vida.

Quizás tus manos

hagan de mí

una obra de arte,

un arma,

una casa

o un vacío.

En tus manos

sé que estoy

jodidamente perdido.

TIEMPO AL TIEMPO

Sin prisas,

ni mentiras.

Amor eterno,

aún no.

Ni luna,

ni estrellas,

ni peleas con dragones

sin promesas quijotescas

adornos de conversaciones

vacías.

En este frío,

mi hoguera

en el hueco de tu ombligo

Y tú,

lo que quieras ser.

Destino vamos

con calma.

QUÉDATE

Quédate,

no te vayas.

Hablemos

de constelaciones y miedos,

de errores y aciertos,

de amaneceres rotos,

en silencio,

si quieres.

¡El caos necesita orden!

No te vayas,

hoy no.

Juntemos,

tu amanecer

y mi atardecer,

crepúsculos imperfectos.

Por favor.

Quédate.

CÉLULAS EFERVESCENTES

Aroma y caricias,

lluvia de meteoro

sobre mí.

Colección

de casi todas

mis fantasías.

Células efervescentes,

piel a piel.

¡En este momento

el tiempo no existe!

Eclipse total

aquí estamos.

ILUMINANDO RECUERDOS

Deja la ventana abierta

que entre la luz,

de esta luna llena

iluminemos recuerdos

en la memoria

y en el corazón

así como son.

No me pidas oscuridad.

CALMA

Sinfonía,

timidez de tiempos

y espacios

inquietudes inesperadas,

en la mirada

vagabundas sombras

de tormentas

miedos,

polvos de olvido

granizo fragmentado

en un mar desértico.

Mi calma.

RENACER

Un rayo de sol,

en tu espalda desnuda,

yo astronauta

en expedición suicida

por la constelación de tu pelo.

Entre sonrojos

abres la boca

como para quejarte

y me regalas

sonrisas,

un buen día,

besos,

un día bueno.

Acurrucas tu cuerpo

entre mis brazos.

En silencio agradezco

al universo.

Quiero renacer contigo
toda la vida.

MARIONETAS

Lleno de ilusiones

como un niño

intranquilo

que se amarra las agujetas

por primera vez,

así sujeté

a tus manos

mi corazón

y con pasos firmes,

seguridad ingenua,

me arrojé al abismo

para convertirme

en un zapato colgante

o en marioneta del amor.

Tú también,

creo.

QUÉ FÁCIL ES QUERERTE

Mi boca a tus dedos

huellas de mil caricias

polvo de otros tiempos

tierra mojada

hambre de ti.

Te quieren mis ganas.

Mi lengua a los mares de tu piel,

amor acuático,

marinero de mil puertos,

naufragio de ti,

naufrago,

en ti,

en todas tus mareas

en tus puertos.

Te quieren mis ganas.

Mis dedos torpes

se arrodillan

ante la enredadera de tu pelo.

No hacen falta coronas

ni soberanía

mis vidas pasadas

alaban a las tuyas,

que están por nacer,

te lo mereces.

Te quieren mis ganas.

EXPLORACIONES

Jugamos a que somos pequeños dioses

e inventamos mundos

con el anhelo de construir un lugar

que nos pertenezca

solo a nosotros.

Aprendemos a querernos,

entre palabras y caricias nuevas

y con ellas prometemos amarnos

en todas las etapas de nuestra vida.

DERROTA

Tanto proteger el corazón

llegas tú

y lo derrotas con una sonrisa.

CAPÍTULO II

INVIERNO

Cierro los ojos
transforman los inviernos
el frío quema.

LA BIENVENIDA

En el cuarto,

tu almohada se hace

mejor amiga de la mía

comparten sueños,

pesadillas

y entre ellas

se cuidan.

En el baño,

tu indeciso

cepillo de dientes,

busca un lugar

apropiado

donde habitar.

En la sala, nuestros libros

revelan su desenlaces y beben

café en nuestras tazas favoritas.

La televisión y el sofá,

pacientemente te esperan.

Las paredes se pintan

de verde claro

y a la melodía de tu voz

se adornan con velas,

floreros,

lámparas,

y perfuman

cada rincón

de tu aroma.

Bailan con las cortinas.

Nosotros,

en la cocina,

nos llenamos con besos.

En este nuevo espacio
estás tú.
Este lugar antes, tan mío
hoy, tan nuestro.
Me gusta.

ESTOY EN CASA

¡Hace frío! Amor.

Pequeña mentira,

él, aún

no conoce

esta habitación.

Tus brazos ojerosos,

una manta de veranos

para callar mi aflicción.

Me recuerdan

a mis guantes favoritos

que protegían

los recuerdos

con los que intentaba

recitar melodías de cama.

Hoy, a tu oído,

poemas de amor.

¿Duermes?

¿Duermes amor?

¿Tienes frío, amor?

¿Duermes? Mi frío amor.

Amor, ¿Tiene frío tu amor?

¿Tiene frío tu frío?

Amor, ¡mi amor, tiene frío!

Amor, amor a mi frío, amor a mí.

¡Frío! ¡frío! ¡amor!

Abres las ventanas

derrumbas las puertas

en tus manos estrujas al sol

y con su color pintas la noche.

Muerdo tu oreja

pero quiero comerte,

la vida.

Y lo saben tus dedos

que tejen un techo

y la chimenea

de tu boca,

lo sabe el azulejo de tus pies,

y el comedor en tu cuello,

la calefacción disfrazada

también lo sabe.

¡Adiós, inviernos!

-No más fríos,

duerme

mi dulce amor.

TRANSFORMACIÓN

Poco a poco

dejé

de ser

Yo

para convertirme

en Nosotros.

Ahora digo, -nuestra casa,

nuestro jardín,

nuestros perros.

Pero en realidad,

odio esa maldita manía

porque tú,

aún hablas

en el

Yo.

GRIETAS

Con el tiempo,

nuestra cama

empezó a sentirse chica,

la rutina creó una grieta

entre los dos

dónde nos perdíamos

sin saberlo.

Quise remediarlo,

mis brazos volvieron

a enlazar tu cuerpo

anhelando reducir el espacio,

de volver

a la totalidad.

Estaba decidido a luchar

por nuestro amor

pero ese verano

salió de tu boca,

-No puedo dormir,

siento que me falta el aire,

la falta de espacio me incomoda

y ha hecho que deje de soñar.

Ese día,

nuestra cama

empezó a sentirse

vacía.

CONTIGO QUERÍA

Contigo,

quería crecer

ser feliz

pero insistes

en hacerme sentir chiquito.

Me equivoqué.

GUERRA

Anclamos nuestra libertad,

con promesas,

comprensión,

perdón,

amor,

nuestro alimento.

El pan de cada día.

Ahora que lo tenemos todo

nos damos cuenta de nuestro error.

¡Nos equivocamos de puerto!

La carga

se volvió

carga

y sus deshechos,

críticas y reproches.

Ese huracán

hambriento que se avecina,

no es una sorpresa.

YA NO ME URGE LLEGAR A CASA

Tienes razón,

ya no me urge llegar a casa.

Desde hace tiempo

solo el trabajo,

juntas inventadas,

tareas,

y compromisos

urgentes.

Siempre.

¡Siempre!

Excusas silenciosas

para evadirlo, todo.

No más opiniones

de tus películas favoritas,

no hacen falta.

Tus llamadas,

escasas,

obligatorias

 ya no

mi prioridad.

Excluyo

por necesidad

por supervivencia

porque estoy harto de discutir.

Y esa ilusión pasajera

con las estrellas

¡Todas inhabitables, carajo!

¡Todas!

Esas caminatas,

mañaneras

en tu parque preferido

aún en las plantas de mis pies.

Hoy,

este saco

de sueños rotos

y desilusiones frescas

solo,

en parques,

favoritos de otros

pero no los míos,

no los míos.

Tienes razón.

Ya no me urge llegar a casa,

ya no.

EQUILIBRIO

Me preguntó -¿Qué soy yo para ti?

Le respondí: -Eres el balance perfecto entre una noche y una vida entera.

Y así fue.

TÚ

Tú, me juraste amor eterno.

Tú, juraste amor eterno.

Tú, juraste amor .

Tú, juraste.

Tú.

NOCHES

Tantas noches que dormimos juntos.

Tantas veces que me dijiste que hacía tus
fantasías realidad.

Aún así, no logré ser el hombre de tus sueños.

NAUFRAGIO

Permitimos que nos invadieran:

las tempestades,

los silencios nocturnos,

el temor de un solo lugar,

con la misma persona.

Salgamos

de este naufragio,

honestos y valientes,

sin herirnos,

sin más daños.

Creo que aún vale la pena

rescatar lo bueno

de nosotros,

porque lo hay.

Nos lo merecemos.

EL DESENLACE

Me abraza,

el desenlace.

¡Yo lo sé!

En dolor compartido

sobran palabras.

Valentía frágil

lodo y sueños

somos.

RECONSTRUCCIÓN

Este inevitable momento,

me aterra

se parece tanto a ese instante,

que me enamoré.

¡No sé cuál es peor!

Sí,

yo alimenté al destiempo

con monólogos,

a los monólogos

con distancias

para las distancias

indiferencias frías

y les di de beber

silencios,

silencios en los silencios,

en la vida,

y no hice nada,

absolutamente nada

para remediarlo.

Me voy,

porque no quiero que se ahogue,

en un mar de rencores,

la poca paz

que aún existe dentro de mí.

Se merece una oportunidad.

Me voy,

porque algún día quiero recordar

los fragmentos bonitos

de esta historia,

¡porque los hubo!

Se merecen una oportunidad.

Me voy

por egoísta,

por mi bien,

porque quiero

renacer,

¡he muerto tantas veces!

Y yo,

tengo muchas ganas de vivir.

Me merezco una oportunidad.

DIME ALGO

No eres tú, soy yo, es frase de cobardes

y tú eres mucho más valiente que eso.

Dime:

Me voy

porque ya no me haces

feliz,

ya no te quiero,

tu presencia me asfixia,

me aburre,

me mata.

Quiero cumplir mis sueños,

a mi manera,

quiero explorar el mundo,

vivir otros labios,

habitar otros cuerpos.

Me cansé

de tus cursilerías,

de tus poemas,

de tu comida.

Me voy porque me da

mi maldita gana

y es lo único que necesitas saber.

¡Pero, dime algo carajo!

Dime algo.

Eso es lo mínimo que me merezco.

DESTRUCCIÓN

Salió de sus labios, -Nadie te amará cómo yo.
Tú eres mi sol, mi mundo, mi vida.

No se hacía a la idea que yo también quería
construir mi propio universo.

CAPÍTULO III

PRIMAVERA

Brotan las flores
con el corazón roto
en primavera.

TÁCTICAS

Prometimos

no dejar

que nada,

ni nadie,

se interpusiera

entre nosotros.

Mentimos.

CIELO ROJO

Tus flores favoritas

rojas,

igual a esas

que no te di.

Rojo sonrojas,

como los tonos rojos,

del mensaje olvidado

en el bolsillo de tu abrigo.

Mis sospechas rojas

como las luces del coche

del que bajas esa madrugada,

rojas como las hojas

del día en que te conocí.

Rojos los labios

en busca de nuevos comienzos

o rojas despedidas.

Rojas las intenciones del lobo

y las mías,

en este momento son las mismas.

Rojos como los planetas

que pensábamos habitar,

y rojo como las agujetas

de tus zapatos favoritos

desvaneciéndose

como los cigarros que no fumo,

rojo humo

entre ojos rojos

el también es producto del fuego

y sabe de estos rojos infiernos.

AHORA SOY YO

Sé que me engaña

pero lo niega

y jura por todos sus muertos

que no es verdad.

Entre lágrimas,

dice que deliro,

que invento cosas,

que los celos me traicionan.

Trata de convencerme.

Repite frases que inventamos

solo para nosotros.

Intenta reconstruir

nuestra historia

con los momentos felices.

Quiere arrullarme

en su pecho

su cercanía

me molesta.

Se juega todo,

todo lo que tiene,

porque en ese momento

pierde el control

de lo que fuimos.

Sé que me engaña,

lo he sabido

por algún tiempo

pero por orgullo

me quedo a su lado,

mientras perfeccionó,

ser yo el infiel.

YO NO QUERÍA AMAR

Quiero que se calle.

Quiero creerle.

Quiero que deje de mentir.

Quiero terminar esto con un abrazo.

Quiero que sufra.

Quiero evadirle este dolor.

Quiero tragarme su traición.

Quiero evadir la realidad.

Quiero dejar de ser yo.

Quiero dejar de sentir.

Todo es una farsa.

Nosotros.

El amor.

Este maldito sentimiento.

Yo no quería amar.

Yo no quería caer.

Yo no quería sufrir,

como lo hago

en este momento.

AROMA

Sé que te he visto en algún lugar
en mis mañanas de soledad,
en mis tardes de tristeza,
en mis noches de olvido.

Sé que has dormido en mi pecho,
y yo he secado tus lágrimas.
Estoy seguro que un día fuimos,
nosotros.

Se me olvidó quién eres
pero ese aroma de desengaño
que emana tu piel,
eso no lo olvido.

RUEDA DE LA FORTUNA

Creí que lo podía todo
intenté llegar a la luna
pero me distraje
con las estrellas.
Dije que sería fiel
pero mentí.
Ansiaba
una aventura
que me llevara al cielo
sin despojar los pies
de la tierra.
Y me olvidé
de todo.
De esa almohada junto a la mía,
del aroma,
que tanto me encantaba.
Hoy caigo,

caigo

y sé que no habrá nadie

para recoger los pedazos rotos.

PUENTE

Me dijo,

- En este momento,

solo somos tú

y yo.

Y quise creerle.

Tanto tiempo en el olvido,

me hizo recordar

lo que se siente ser el poema

y yo tenía muchas ganas de ser escrito.

Intencionalmente,

dejé abierto,

el libro de mi vida,

ahí se empezó a escribir

un nuevo capítulo.

COLECCIONISTA

Su oficio,
coleccionista
de encuentros
de tiempos
y respiros .

Me hace
vapor,
visitante
indistinguible
casi suyo.
Uno más,
para calmar la sed.

Siempre,
siempre
libre.
Y en la boca,

partículas suspendidas,

prisionero arraigado,

el tiempo

que sea necesario.

¡Hoy rendiremos cuentas!

Llevo las de perder.

La falta de alas,

no importa.

¡A la deriva!

Casi, casi

en totalidad

porque completo, jamás.

Siempre,

siempre

libre.

A su tiempo,

libertad condicional.

En tierras ajenas,

a su antojo.

Y cuando quiere,

en aguas desconocidas.

Al llegar

mañana,

la mañana,

él, mañana,

con un ramillete

de fríos, aires y aridez

y por arrogancia olvida

humedades nocturnas,

sus flores favoritas,

no le merece amor,

no le merece.

Rocío,

búsqueme.

Quizás aún esté.

Siempre,

siempre

 libre.

NO PUEDO MÁS

Intenté amarte,

lo intenté todo

pero acabé perdiéndome.

Me cansé de juegos,

de engaños

aguanté,

hasta que me aprendí a amar.

AVENTURA

Solo soy una aventura

en su vida

lo sé

pero la naturaleza

se empeña

en reunirnos de nuevo.

Repetiré el mismo error.

Sé que lo haré.

QUIÉN AMÓ MÁS

No me digas que no te amé

lo suficiente,

como merecías.

El amor no se mide en llantos,

en lamentos,

en amenazas,

o en quejidos.

El amor puede ser

dolor en silencio.

El amor es saber dejar ir,

cuando deseas con toda el alma

que se quede.

El amor es tragarte las palabras

para no herir al ser amado.

El amor es estar siempre presente

a pesar de la distancia.

No me digas que no te amé.

No cuestiones lo que yo sentí.

No intentes arrastrar

este sentimiento

por los suelos.

El amor no es una competencia

dónde al final

se recibe un premio que anuncie,

¡Yo amé más!

Cada quién ama a su modo

yo te amé como sabía,

a mi manera,

pero al final,

cada quién tenía

diferentes definiciones del amor.

No me digas que no te amé .

NO CULPES AL FUTURO

No te equivoques,

no tienes nada que perdonarme,

tú fuiste mi ayer,

eso es todo.

No intentes reconstruir mi historia

cuando no te satisface la tuya.

No trates de culpar al futuro

de tu pasado,

así no funcionan las cosas,

así no.

No te equivoques,

Yo nunca pretendí

ser tu príncipe azul,

ese que te resolvería

todos tus problemas

solo quería ser el hombre

que te ayudaría a escribir

una nueva historia

pero tú te aferraste

a rescatar

tu pasado inconcluso.

Hoy te das cuenta

que tus mentiras

opacaron las verdades

que lástima que las verdades

no tengan el mismo efecto.

BUENA SUERTE

Quizás tengas razón,

tal vez merezcas

cosas mejores,

mejores personas,

un amor digno de ti,

que te ame

y acepte,

siempre

cómo eres.

Anda amor,

ve busca tus sueños.

Explora el universo.

Y nunca te conviertas en meteoro

porque de aquí te vas

como una estrella.

FRACASO

Prometimos amarnos

en todas las etapas

de nuestras vidas,

pero fracasamos amor,

fracasamos.

Nosotros,

los de ayer,

ya no somos los mismos.

Me gusta pensar

que con el tiempo

hemos madurado

y hemos aprendido

a reconocer

lo que queremos,

y lo que nos hace feliz.

En nuestro principio,

en ese tiempo,

no sabíamos

lo que prometíamos,

la ilusión

y las ganas de ganarle

tiempo al tiempo

nos cegó,

pero la vida

nos hizo abrir los ojos.

Aún no era nuestro tiempo.

Nuestro para siempre

aún no estaba listo para nosotros.

AMIGOS

Me dijo, -Seamos amigos.

Le respondí, -Claro que sí.

¡Mentimos!

Amistad es lo último que queríamos.

CAPÍTULO IV

VERANO

Entre nosotros

veranos pasajeros

los dos ardimos.

OLVIDO

Sé que me vas a doler

pero estoy listo para llorarte

lo que te tenga que llorar.

Estoy listo para dejar

en el pasado

tus recuerdos.

Estoy listo

para ya no iluminar mi vida

con el brillo de tus ojos.

Estoy listo para olvidar

que me hacías sentir

y temblar.

Estoy listo

para no necesitar

el calor de tu cuerpo

que aún arde

en mis labios.

Estoy listo para intentarlo.

Estoy listo

porque tengo que vivir

sin ti.

Yo sé,

que con el paso del tiempo

me olvidaré de ti.

Estoy seguro

que lo lograré.

MERECÍAMOS MÁS

En tu despedida

lloré tristezas,

como nunca antes.

El miedo

a la soledad se hizo presente,

pero ya no podía más

con esa farsa.

Me había arrepentido

de haber dejado mi corazón

en el lugar equivocado,

a tu lado.

La necesidad de sentir amor,

me cegó.

Estaba harto de mentir,

estaba harto de decir

que no me pasaba nada

cuando había una tormenta

dentro de mí.

Estaba cansado

de entregarte caricias

que ya no te pertenecían.

Y tú,

tú, te merecías

mucho más que eso,

y yo también.

POR SI ACASO

La puerta abierta

por si acaso.

Espero que no

pero sería más fácil.

Momentos de cobardía,

sin querer espero.

YA NO IMPORTA

Es luna llena,

me duelen las ventanas abiertas

me recuerdan a tus brazos

y me lleno de ausencia,

de recuerdos

y de melancolía.

En noches como estas

hacíamos el amor

y bajo su luz grababa

cada gesto de tu rostro.

Le haces falta a mi soledad,

pero es mejor que no lo sepas.

Es luna llena

pero no importa

porque no estás aquí.

TE BUSCO

Estoy harto de buscarte,

de compararte,

de querer encontrarte,

en otras personas.

Quiero quitarme esta maldita obsesión

de buscar tu aroma,

tus besos,

tu calor,

en otros cuerpos,

en gemidos pasajeros,

en búsquedas inútiles

que sólo intensifican tu ausencia.

Tengo que sacar esto de mí.

Tengo que perdonarte

por haberte marchado,

por no haberme amado

para siempre,

como me lo prometiste.

Tengo que perdonarme

por haber dejado

en otros cuerpos

un sinfín de caricias

que aún llevaban tu nombre.

Quiero terminar con esta pesadilla.

TORMENTA

Me conformé

con los relámpagos

de tu tormenta

porque creía que iluminaban

mi obscuridad

pero me equivoqué.

Hoy, construyo

un barco de papel

con tus recuerdos

y los dejaré zarpar

en mis crepúsculos

hasta que se hundan

en el horizonte,

hasta encontrar la paz

que necesito.

Mi error

fue perderme por ti

cuando buscaba

encontrarme.

DESNUDO

Llueve.

Bajo la lluvia,

inmóvil quedo.

Los recuerdos

de mejores momentos,

todos,

me invaden,

todo.

Necesito

limpiar mi alma,

hace tanto tiempo

que no lo hago.

Necesito vaciar

o llenar ese hueco

que pesa.

Me tiembla la vida.

Pienso

que me voy a deshacer.

Ojalá que así fuera.

Siento que me asfixio

pero descubro

que una ráfaga de esperanza

aún vive dentro de mí.

La lluvia

borra mis lluvias,

y con su magia

también suaviza

los recuerdos.

Pasan las lluvias,

los llantos

y dejan su petricor.

Así huele la nostalgia:

lo que fuimos.

El aroma del futuro:

lo que seremos.

EN LA DISTANCIA

Cuando nos amábamos
te acariciaba despacito
con delicadeza
 y besaba tu cuerpo
con frenesí
porque tú eras mi galaxia
entera.

Cuando nos amábamos
éramos diluvio de estrellas
y cumplíamos deseos
a nuestro antojo.

Hoy, ya no estás conmigo
pero cada luna llena
mis células punzan suavemente
y te recuerdo

al igual que esos días.

Cuando nos amábamos.

DESEO CUMPLIDO

Fui feliz, contigo.

Aprendí a amar

y comprendí

que yo también merecía

ser amado.

Aprendí,

que se puede llegar

a la luna y a las estrellas

cuando se ama de verdad.

Te convertí,

en la razón de mi existir,

y a pesar de todo

valió mucho la pena.

No me arrepiento

haberte conocido,

yo había pedido por ti

y es lo que me dio el destino.

BORRÁNDOTE

Es verdad, te extrañaba

y sin ti me sentía perdido.

En mi intento por olvidarte

formé mi figura en cera

y la arrojé al fuego

para liberarme del dolor

que sentía por ti.

También le pedí

a todos los dioses

que me ayudaran a sacarte

de mis recuerdos.

En el transcurso

fui miserable.

Era aire

pero necesitaba

convertirme en viento.

Mi vida

no tenía sentido,

y yo tenía

muchas ganas de vivir.

RECUÉRDAME BONITO

Vuélvete a enamorar
y haz feliz a otra persona
como me has hecho a mí.
Ama a quién quieras
y no des explicaciones,
el amor es inefable
y siempre vale la pena.
Comparte tu alegría
y tu sonrisa
con los demás,
te queda muy bien
y es una
de tus mejores armas.
Haz lo que quieras
pero no lastimes a nadie,
cumple todo
lo que te falta por hacer

y sueña,

nunca dejes de soñar.

Vive la vida.

Baila y diviértete mucho.

Viaja más.

Sal a pasear.

Disfruta de las buenas comidas

pero come bien

y cuídate.

No guardes rencores

porque yo sé que te afectan.

Intenta perdonar

a los que te han ofendido.

Nunca dejes que el rencor

robe tu esencia.

Relájate

un poco más.

No lo tomes todo tan en serio.

Falta a trabajar

porque tienes ganas

no porque es una necesidad.

Escucha con más atención.

Olvida tu teléfono

y mira a la persona a los ojos,

como me mirabas a mí

cuando tratabas de conquistarme.

Tienes una mirada preciosa,

compártela.

No veas tanto la tele.

No exageres con el medicamento,

a veces un poco de aire fresco

te puede hacer mucho mejor.

Llora de vez en cuando,

llorar hace bien,

y limpia el alma.

Llora con ganas,

porque llorar es de valientes

y tú estás entre los guerreros.

Si puedes,

recuérdame bonito

pero no me olvides.

Si de pronto ya no me piensas,

no te preocupes,

sé que viviré siempre en ti,

como tu lo haces en mí.

Llevamos nuestra historia

tatuada en el corazón,

aunque la intentemos borrar.

Aprende de nuestros errores

para que no los vuelvas a repetir.

Nunca olvides que contigo fui muy feliz,

porque tú me enseñaste a amar la vida,

y sobre todo

a amarme a mí mismo,

con mis virtudes y mis defectos.

De vez en cuando,

sorprende mi recuerdo:

come frutas;

prueba el aguacate;

tómate un vaso de leche;

o cómete un pastel,

a mi honor.

Y aunque no te pueda responder,

deséame un bonito día,

a la distancia

regálame un beso,

un abrazo,

o un adiós,

antes de que llegue

el olvido.

BORRONES Y ALTERACIONES

A veces me gusta pensar

que solo fuiste

un personaje de la imaginación

pero no es así.

En el libro de mi vida

eres el capítulo

principal.

Escribiste en mí

todas las emociones

que se te antojaron,

que se nos antojaron.

En el proceso

hubo borrones

de tu parte,

alteraciones   de la mía,

cambiamos las historias

y añadíamos personajes,

según nos convenían.

Los dos fuimos buenos y malos,

los dos fuimos humanos,

aún así,

eres ese error

que volvería a cometer,

en esta vida

y en todas

la que me faltan por vivir.

DESFRAGMENTOS

Aquí dejo

lo que antes eran

recuerdos,

los he llevado

por mucho tiempo,

en mi memoria.

Si algunos

de estos momentos

se parecen a los tuyos,

si te han hecho recordar

lo que un día viviste,

quizás te pertenecían.

Tal vez sin darte cuenta,

en el camino te fragmentabas,

y en espacios ajenos

dejabas a tu paso

esas memorias

que te pesaban cargar.

Hoy,

yo hago lo mismo,

dejo aquí,

en el olvido,

momentos y recuerdos

son tuyos.

Si en este momento

no los reconoces,

quizás mañana

lleguen a ser

parte de tu historia,

de tu recuerdo.

Búscate,

búscate en estos recuerdos

porque te pertenecen.

Y te encontrarás

en algunos

o quizás en todos.

SOBRE EL AUTOR

Walberto Díaz nació en Mexicali Baja California, México. A los siete años de edad se mudó a los Estados Unidos y en ese país es dónde creció y estudió.

Doctor en educación, profesor de idiomas, escritor, poeta y traductor.

Imparte clases de idiomas, literatura, y cultura. También, diseña planes y programas de estudio, y desarrolla e imparte clases en línea en las universidades en San Diego, California, mismo lugar dónde reside.

Empezó a escribir desde que era adolescente y ha publicado cuentos y poemas en revistas universitarias. En los últimos dos años ha publicado poemas inéditos en Instagram bajo el nombre @walbertopoetry. En este mismo medio, fundó la página @lavozdelaspalabras, para brindarles visibilidad a poetas y escritores.

Redes Sociales

Puedes seguirlo en:

Instagram: @walbertopoetry

twitter: @walbertopoetry

Facebook: @walbertopoetry

página web: walbertodiaz.com

Libros por Walberto Díaz

An Analysis:
Strategies to Create Successful Online Spanish
Instructors (2018)

Inevitable (poetic defragmentation)

Nostalgia:Inevitable (colección bilingüe)